Mon extraterrestre préféré

Du même auteur, dans la même collection :

La plus grosse bêtise

La vraie princesse Aurore

Le vrai prince Thibault

Évelyne Brisou-Pellen
Illustrations d'Emmanuel Cerisier

Mon extraterrestre préféré

RAGEOT

ISBN 978-2-7002-3546-3
ISSN 1951-5758

Comment découvrir s'il y a un extraterrestre chez vous

C'est tout à fait par hasard que je me suis aperçue qu'il y avait un extraterrestre chez moi.

On était mercredi. Il pleuvait. Je venais de rentrer de mon cours de danse et je m'ennuyais (surtout que j'étais privée de télé pour une histoire qu'il est inutile que je raconte ici). J'ai donc pris un livre sur mon étagère, un roman que m'a prêté ma copine Claire, et qui s'intitule :

L'Attaque du cadavre vivant.

À vrai dire, j'ai horreur des histoires d'horreur parce que j'ai peur d'avoir peur, seulement, à l'école, tout le monde en lit, et je ne veux pas avoir l'air plus bête que les autres.

J'en étais à *Le monstre, toutes dents dehors, se précipite*... Déjà, j'avais le cœur qui battait et envie de fermer le livre, quand j'ai lu sur la page suivante : *et enfile sa deuxième chaussure.*

Ouf! D'un côté, j'étais un peu rassurée (et même franchement soulagée), d'un autre je trouvais ça bizarre. J'ai relu deux fois.

J'ai continué :

– N'oublie pas de prendre des petits gâteaux pour ton goûter! rappelle sa mère.

Allons bon. Le monstre a une mère et mange des petits gâteaux.

... Et attention en traversant!

Kévin répondit :

– Ne t'en fais pas, je couperai par le cimetière, il n'y a pas de voitures!

Là, je me suis dit qu'il se passait dans ce livre des choses anormales, et c'est alors que j'ai regardé le numéro des pages : ça sautait de la page 12 à la page 15! Il manquait les 13 et 14. Ce n'est pas que je regrettais vraiment de rater une attaque du cadavre vivant, mais ça m'embêtait qu'il manque une feuille, parce que j'avais peur de l'avoir moi-même perdue, et que le livre ne m'appartenait pas. Inquiète, j'ai feuilleté la suite. Je me suis arrêtée n'importe où et j'ai trouvé :

Kévin posa son cartable sur le trottoir en finissant d'avaler la jambe de ce pauvre Juju.

J'en suis restée estomaquée. Horrible!

COLORA

... Ouf ! Cette fois il manquait deux pages entre « sur le trottoir » et « en finissant d'avaler », et ce n'était pas Kévin qui était en train de bouffer son copain.

J'ai remis le livre à sa place. C'était vraiment-vraiment dommage mais, dans ces conditions, je ne pouvais pas le lire.

J'ai alors pris mon crayon pour faire un jeu de mon journal préféré (je n'ai pas le droit de dire lequel, parce que la publicité est interdite). J'ai tracé des traits reliant des numéros pour obtenir un dessin et, comme je me suis trompée, j'ai voulu gommer. Deuxième bizarrerie : il manquait la moitié de ma gomme.

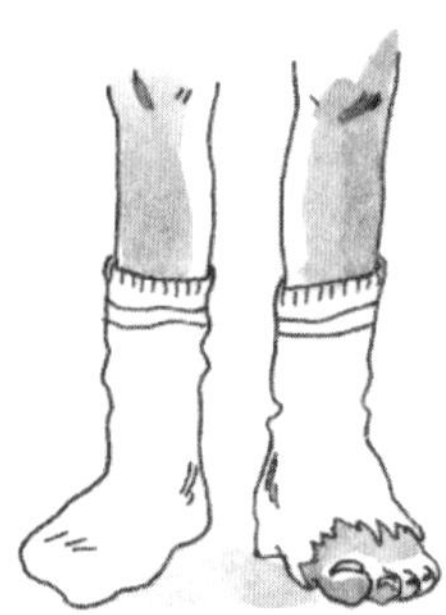

Le lendemain matin, j'ai été réveillée par un hurlement dans la cuisine. Je me suis levée et j'ai enfilé des chaussettes pour aller voir ce qui se passait. C'est là que je me suis aperçue que mes doigts de pied restaient à l'air : ma chaussette droite n'avait plus de bout. À cet instant, maman a ouvert la porte de ma chambre en criant :

– Chloé ! Ça t'amuse de mettre tes gommes dans le grille-pain ? Très drôle, comme blague !

J'allais protester que je n'étais pour rien là-dedans et qu'il y en avait marre qu'on m'accuse tout le temps, quand j'ai remarqué que le couvercle de mon coffre à jouets venait de s'entrebâiller. C'est alors que j'ai compris.

Comment capturer un extraterrestre

Mine de rien, je suis allée fouiller dans mon coffre à jouets comme si je cherchais quelque chose, et d'ailleurs ça n'a pas été inutile : j'ai trouvé plein de trucs qui ne me servaient plus depuis longtemps et que j'aurais dû jeter ou donner.

Comme l'extraterrestre se cachait derrière une marionnette, j'ai fait semblant de ne pas le voir : les extraterrestres, il ne faut pas les brusquer.

À mon avis, il est de la race des plocplocs, ceux qui font du bruit en marchant. Je ne sais pas à quel moment il est arrivé, mais à Noël dernier il n'était pas là, sûr !... Parce que mon petit cousin

Victor avait tout renversé par terre, et que j'ai dû tout remettre en ordre sous prétexte que lui, il était trop petit... Vous parlez ! Assez grand pour déranger, trop petit pour ranger, c'est facile !

Maintenant, ça fait plusieurs jours que j'ai découvert l'extraterrestre dans le coffre et, bien que j'essaie de donner l'impression que je m'en fiche, j'aimerais le voir de près. Or, les extraterrestres, c'est un peu délicat. On ne peut pas les obliger à sortir par la force, sinon ils peuvent devenir désagréables et même dangereux. Les ploc-plocs n'ont pas de conscience, ils n'ont aucune idée du bien et du mal, il faut donc faire très attention.

Je réfléchis.

J'ai beau réfléchir, je ne trouve aucune idée. Alors je prends toutes mes économies dans ma tirelire et je vais à la librairie.

Une heure après, je reviens avec, coincé sous mon bras, un livre qui s'appelle :

Élevez un extraterrestre chez vous.

Je m'installe confortablement à mon bureau et je cherche l'article sur les ploc-plocs. Et là, je lis une information capitale : « La nourriture des ploc-plocs est très variée, toutefois ils aiment spécialement les aliments ronds. »

Suit une liste d'aliments divers que, moi, j'aurais plutôt appelés des « objets » : billes, balles de ping-pong, roues de vélo, boulets de canon…

Je cherche dans la liste quelque chose que je pourrais me procurer facilement, pas trop gros pour ne pas attirer l'attention, pas trop petit, parce que je suis impatiente d'arriver à un résultat. Enfin je me décide...

À côté de chez moi, il y a un terrain de tennis où il est très facile de récupérer de vieilles balles que les joueurs mettent à la poubelle. J'essaie de me persuader que les balles de tennis, c'est très appétissant.

– Qu'est-ce que tu vas faire de tout ça ? demande maman en me voyant rentrer avec mon sac de sport plein à ras bord.

– Des réserves de nourriture. On ne sait jamais : si on avait la visite d'un ploc-ploc !

Dire la vérité est souvent la meilleure solution. Ma mère a cru que je plaisantais et je l'entends qui commente en riant :

– Quelle imagination, cette Chloé !

Je sais très bien que, s'il me voit, le ploc-ploc ne se montrera jamais. Aussi, j'attends le soir.

Bon… Il est temps d'agir. J'entrouvre le coffre à jouets, je coince une balle entre le bord et le couvercle, et je me couche.

Le lendemain matin, plus de balle !

Je fais comme si de rien n'était et j'en remets une avant d'aller à la cuisine prendre mon petit déjeuner.

Quand je reviens, elle a disparu. J'en glisse une nouvelle et je pars pour l'école.

À mon retour, il n'y en a plus.

Pendant une semaine, je fournis, je fournis, sans qu'il se passe rien. Or j'ai écumé le terrain de tennis, et j'ai bien peur de ne plus rien trouver avant le week-end prochain. Ça me préoccupe un peu.

Enfin, ce soir, je vois que le coffre commence à bâiller... Je glisse une dernière balle, et une heure après... Pouf ! le coffre s'ouvre tout seul. Et soudain, je me rends compte que j'ai peut-être été imprudente...

Que faire une fois qu'on l'a attrapé

Il est moche, archi-moche : une sorte de poire de cinquante centimètres de haut, d'un rose translucide, des yeux tout petits et striés de violet, un ventre rebondi avec un grand creux au milieu, des jambes tellement courtes que ça lui met les fesses sur les talons.

Il paraît terriblement gêné et il essaye de se tasser le plus possible dans le coffre à jouets : c'est inutile, il n'y tient plus.

Je lui signale :

– Tu peux sortir.

– Je ne veux pas.

Je le raisonne :

– Tu n'as pas le choix, il ne fallait pas tant manger, c'est de ta faute, entièrement de ta faute.

Voilà qu'il se met à grincer (je crois qu'il pleure).

– Je ne veux pas. Je ne veux pas. Tes balles, c'est de la cochonnerie : ça fait gonfler et c'est tout. Si j'avais su, je n'en aurais pas mangé.

Il m'agace. Je lui dis :

– Il est bien temps de serrer les fesses quand on a fait dans sa culotte.

Je me rends bien compte qu'il ne voit pas du tout de quoi je parle. Il me regarde et s'informe :

– C'est quoi, une culotte ?

Je me contente de hausser les épaules en soulignant que ce n'est pas la peine de faire autant d'histoires, qu'on n'est pas mal sur Terre et qu'il n'y a pas de raison pour qu'il soit malheureux. Et puis je lui demande :

– Tu es bien un extraterrestre ?

Son œil s'arrondit et, finalement, il répond :

– Non. Je suis de la planète Boud.

J'ignore où se trouve cette planète, mais une chose est claire :

– Si tu viens de la planète Boud, tu es un extraterrestre.

Il me répond du tac au tac :

– C'est toi qui es un extraboudin.

Ah… Bon. Je ne dirais pas que ça m'enchante d'être un extraboudin, toutefois la situation est délicate et je préfère ne rien répliquer. C'est alors que je remarque que l'extraterrestre est maintenant verdâtre. Bizarre...

– Où il est, ton ordinateur ? demande-t-il.

J'évite de préciser qu'il y en a un dans le salon, de peur des idées qui pourraient lui passer par la tête.

– Je n'en ai pas.

Il me regarde d'un air terrifié, pourtant il n'ajoute rien sur le sujet. Il est en train de devenir de plus en plus vert. Il se décide finalement à sortir du coffre.

– Cela fait plusieurs jours que je t'observe, déclare-t-il enfin, et, franchement, vue de près tu es encore plus laide que de loin. Tu as des yeux énormes, de vrais pièges à poussière, un nez qui s'avance comme un pic et qui risque de se cogner partout, une affreuse bouche qui te balafre la figure.

Non mais il ne s'est pas regardé, celui-là ! Il insiste :

– ... Des oreilles à l'extérieur de la tête, qui doivent geler par temps froid, des jambes aussi longues que le corps... Je me demande bien comment tu ne te casses pas la figure avec des engins pareils pour marcher.

Je commence par être légèrement choquée, puis réellement vexée, et enfin carrément en colère. J'évite de regarder mes genoux couronnés d'une belle croûte, résultat de ma dernière chute à patins à roulettes et, sans le vouloir, je me frotte le nez. C'est alors qu'il ajoute :

– ... et en plus, tu n'as que dix doigts !

Alors là, c'est trop. J'éclate de rire : j'ai déjà un mal de chien à organiser mes dix doigts pour jouer du piano, et à ces moments-là, je préférerais n'en avoir que deux. Je jette un coup d'œil à ses mains :

– Combien tu en as, toi, de doigts ?

– Un nombre normal. Vingt-trois à chaque main, quarante-six en tout.

– Et tu trouves ça normal ?

– Naturellement, autant que de touches sur le clavier d'un ordinateur. Nous, au moins, nous sommes bien conçus : je peux m'asseoir sans avoir à plier les jambes, mon ventre forme table pour poser le clavier, mes yeux sont prévus pour balayer l'écran d'un seul regard.

Évidemment, vu comme ça, chez nous il y aurait des choses à rectifier. Moi, j'aimerais bien avoir des bras plus longs pour mettre le ballon dans le panier de basket, des jambes plus courtes pour passer sous le grillage du terrain de sport, des yeux derrière la tête pour surprendre ma petite sœur quand elle arrive sur la pointe des pieds et me saute dessus, des oreilles qui se ferment toutes seules quand le chien du voisin hurle parce que ses maîtres sont partis.

Enfin, je me frotte les mains : maintenant que j'ai un extraterrestre bien à moi, les choses vont s'améliorer. Je vais lui demander…

À quoi sert un extraterrestre

Tout excitée, je m'assois près de lui sur le tapis :

– Dis-moi ce que tu peux me donner. Quels sont tes pouvoirs ?

L'extraterrestre a l'air surpris :

– Je ne sais pas…

Je suis un peu déçue. Je propose :

– Par exemple, fais apparaître devant moi un gâteau au chocolat avec de la crème chantilly et de la nougatine.

– Ah !… ça c'est l'affaire des fées, pas des ploc-plocs.

– Alors, mets-moi quelques boutons sur la figure – des faux – pour que maman ne m'envoie pas à l'école demain.

– Non. Ça c'est l'affaire des sorciers, pas des ploc-plocs.

– Zut alors. Qu'est-ce que tu sais faire ?

Revoyant mes projets à la baisse, je demande :

– Est-ce que tu peux t'arranger pour que la cloche sonne la récré au bout de trois minutes quand on fait du calcul mental ?

(Je déteste le calcul mental.)

– C'est l'affaire des magiciens, pas des ploc-plocs.

Zut zut et zut. Je me fâche :

– Mais alors à quoi ça sert, un ploc-ploc ?

– À rien. Je ne sers à rien. Je ne suis pas là pour te servir à quelque chose.

– Tu es là pour quoi, alors ?

Il me regarde bizarrement avec ses petits yeux striés et, je ne sais pas pourquoi, je commence à être un peu inquiète.

– Je suis là pour m'informer sur les extraboudins.

– Ah bon ? Et comment est-ce que tu t'informes ?

– En prenant des échantillons.

Je le fixe avec des yeux ronds, et enfin je m'exclame :

– C'est toi qui m'as piqué mon bonnet cet hiver, mon stylo à encre tout neuf avec des cœurs et ma corde à sauter ?

Le ploc-ploc prend un air outré. Il répond aussitôt :

– Sûrement pas. Si tes affaires disparaissent en entier, c'est sûrement un Étourdistrait, ceux de la planète Têtenlaire. Nous, les ploc-plocs, nous ne sommes pas si bêtes. Les instructions sont de prendre seulement des morceaux, pour que ça ne se remarque pas.

– Merci bien ! Un morceau de pain, je ne dis pas, mais un morceau de chaussette, tu crois que ça ne se remarque pas ?

Le ploc-ploc rougit d'un coup :

– C'est que je suis encore jeune, et j'ai pu commettre des erreurs.

Eh... ! De nouveau il vire lentement au vert qui est, je crois, sa couleur naturelle. Il précise :

– Cependant j'ai droit à quelques fautes. D'ailleurs, le grand Maître l'affirme : « Pour s'enrichir l'esprit, il faut tenter des expériences. »

Je proteste :

– Pas en faisant brûler des gommes !

– Pourquoi ? demande-t-il d'un air innocent.

J'ouvre la bouche pour répondre que c'est parce que les gommes ne se mangent pas, que le grille-pain va être fichu et qu'il aurait pu mettre le feu à la maison, quand soudain je me rappelle que, dans mon encyclopédie des extraterrestres, on le précise clairement : il ne faut jamais commencer à donner d'explications aux ploc-plocs. Si je lui réponds, il va encore me demander « pourquoi ? » et, comme il n'a aucune idée de ce qui est bien et de ce qui est mal, il est capable de mettre le feu pour voir le résultat. Donc, au lieu de répondre, je contre-attaque :

– Et les pages de mon livre, hein, qu'est-ce que tu en as fait ?

Il prend un air gêné et rosit de nouveau.

– Je te l'ai expliqué, je suis en mission. Il faut que je rapporte...

Il ne dit pas quoi. Il s'interrompt et ajoute :

– Donne-moi vite à manger, j'ai faim.

Faim ? J'ai épuisé toute ma réserve de balles de tennis !

– J'ai faim, j'ai faim, j'ai faim…

Comment nourrir un extraterrestre

– Là ! s'écrie-t-il.

Il se précipite sur ma lampe de bureau et, avant que j'aie pu intervenir, il dévisse l'ampoule et la glisse dans son ventre.

Hein ? C'est comme ça qu'il mange ? Je comprends... Voilà pourquoi il préfère les objets ronds : ça passe plus facilement.

De ses petits yeux fureteurs, il balaye la pièce, puis il fonce sur mon landau de poupée (heureusement, je ne joue plus avec !) et avale les quatre roues.

Bon sang ! Il va saccager ma chambre ! Je crie :

– Arrête ! Tu ne peux pas manger n'importe quoi !

Il s'immobilise et me regarde d'un air surpris. Je reprends alors :

– Demande-moi, je vais voir ce que je peux faire. Qu'est-ce que tu manges, sur ta planète ?

– Rien que des pierres taillées. Des diamants, des rubis, des émeraudes, quelquefois accompagnés de fines lamelles d'or arrosées d'un filet de pétrole. Tu aimes ça ?

– Euh… Moyen-moyen…

Je réalise avec un soupçon d'angoisse qu'il sera difficile de lui fournir sa nourriture habituelle. Tout en réfléchissant au problème, je lui découpe un crayon en rondelles... Seulement, un crayon, c'est mince et pas très consistant. Que trouver d'autre, qui soit rond ? J'envisage de courir au magasin de jouets acheter des balles de ping-pong et des sacs de billes, mais j'ai peur de ce qu'il risque d'inventer en mon absence. En plus, la totalité de mon argent de poche est déjà passée dans l'achat du livre. D'ailleurs, le livre, j'aurais peut-être mieux fait de bien en lire le début, où on conseille « une extrême prudence avant d'accueillir chez soi un extraterrestre ».

Voilà que le ploc-ploc est en train d'ouvrir le tiroir de ma commode. Il en sort un pull. Et là... je comprends qu'il a dû renoncer aux aliments ronds, car il commence tout simplement à le manger !

Je vais me précipiter pour le lui retirer des mains lorsque je m'aperçois qu'il s'agit du pull rose que ma marraine m'a tricoté. Elle a représenté dessus un des trois petits cochons, mais c'est tellement mal réussi que tout le monde croit que c'est une boîte de camembert avec un ver qui en sort. Ça fait dégoûtant.

À la réflexion, je ne dis rien et je détourne les yeux pour ne pas voir la bêtise.

En vitesse, j'extirpe des tiroirs les chaussures qui me font mal aux pieds, le chemisier qui est devenu gris au lavage, ma montre cassée, une chaussette qui n'a plus sa sœur, mon affreux bonnet à pompon...

Le ploc-ploc a toujours faim. J'ajoute – avec un léger mal au cœur – mon jean que j'aime bien et qui est malheureusement devenu trop petit.

Je fouille. Je trouve encore une vieille trousse à crayons, un jeu de dés incomplet... J'hésite une seconde, et puis je lui abandonne aussi mon survêtement. J'ai un peu honte, mais j'en ai vu un génial, bleu et jaune, super à la mode, dans un magasin près de l'école...

– Encore ! Encore ! crie-t-il.

– Ça suffit ! Je n'ai plus rien.

– Si, il y a ça !

Et il se dirige vers mon beau blouson neuf, celui que je n'ai mis que deux fois et qui me va super bien. Je me précipite :

– Ah non ! Zut alors !

Il s'arrête et murmure :

– Hum... C'est bon !

– Qu'est-ce qui est bon ?

– « Zut. »

Je le contemple avec stupéfaction :

– « Zut » c'est un juron, ça ne se mange pas.

– Dis-m'en encore, des jurons…

J'essaye :

– Crotte, bouse, bon sang, flûte, nom d'un chien, mince.

Il semble se régaler.

– Dis-moi des plus gros, des meilleurs.

Bien sûr, j'en connais des pires, mais j'ai un peu honte. Enfin, je les lui sors un par un. (Je ne vous les écris pas, parce que si un jour cette histoire devenait un livre, vos parents ne voudraient pas que vous le lisiez : ils détestent qu'il y ait des gros mots dans les livres.)

– Encore ! Encore !

Je cherche. Bien sûr, c'est une nourriture très économique mais épuisante pour les mères nourricières, parce que les gros mots ça fait du bien seulement quand on est très en colère… Comme ça, à froid, c'est moins drôle, et même fatigant.

Je reprends :

– Sapristi, pipi de moineau, bave de crabe, cacaboudin.

Le ploc-ploc change soudain de tête. Il me semble qu'il devient marron. Il me regarde et pousse un grognement affreux… Eh ! Qu'est-ce que j'ai dit ?

… J'ai dit « cacaboudin » !… Est-ce que les habitants de la planète Boud ne s'appelleraient pas des Boudins ? Je crains que si…

– Tu peux t'arrêter, gronde à ce moment le ploc-ploc, je vois quelque chose de mieux.

Il me fixe d'une manière un peu inquiétante et il ajoute :

– Quelque chose de rond.

Je sens une petite angoisse qui me vient. Je m'informe :

– Quoi ?

– Ce que tu portes en haut de ton corps.

– Moi ?

Qu'est-ce qu'il y a en haut de mon corps ? Ma tête ! Bon sang, il veut ma tête !

Je me révolte :

– Non non, tu as dit que tu n'étais pas une sorcière, et seules les sorcières mangent les enfants. Et encore... c'était autrefois !

– Comment est-ce que tu le sais, puisque tu n'as pas d'ordinateur ?

– Je ne vois pas le rapport. Pas besoin d'ordinateur pour savoir ça.

– Ah bon ? Comment tu fais, alors ?

Je réfléchis pour être sûre que ma réponse ne peut pas créer de catastrophe, et je me lance :

– Il n'y a qu'à lire dans les livres : aujourd'hui, les sorcières sont seulement un peu bêtes, pas trop méchantes. Elles ne mangent plus les enfants.

– Montre-moi « lire dans les livres ».

Lire dans les livres ! Voilà qu'il me donne une idée qui aurait dû me venir plus tôt. J'attrape dans ma bibliothèque *L'Encyclopédie des Sorcières*, je l'installe sur la tablette formée par son ventre et, pendant ce temps-là, je rouvre *Élevez un extraterrestre chez vous* pour reprendre discrètement ma lecture.

Voyons voyons...

« Le problème, chez les ploc-plocs, c'est qu'une fois qu'ils ont commencé à manger, ils ne peuvent plus s'arrêter et dévorent tout ce qui leur tombe sous la main. Le seul moyen de les stopper est de leur coller un sparadrap sur le ventre. »

Je jette un coup d'œil sur le ploc-ploc : il me semble qu'il bleuit légèrement… en tout cas, il a l'air complètement absorbé par son livre. Bien. J'en profite pour filer à la salle de bains. Je découpe un morceau de sparadrap, je reviens en catimini et flatch ! Je lui colle le morceau sur le ventre.

Il ne le remarque même pas. Il lève les yeux et affirme d'un air émerveillé :

– Votre civilisation est très en avance sur la nôtre !

Maintenant, il est bleu vif.

Comment épater un extraterrestre

Notre civilisation est très en avance sur la leur ? Ça ne va pas bien dans sa tête ! Un moment, je crois que j'ai mal compris. Je l'examine d'un œil curieux : il me semble qu'il reverdit.

Il ajoute :

– Chez nous, sur Boud, on n'a pas de belles choses comme des livres. Quand tu regardes les lignes noires, tu connais les histoires des sorcières ?

C'est alors que je comprends qu'il ne sait pas lire. Je m'arrange pour expliquer sans avoir l'air de répondre à sa question :

– Évidemment. Regarde mieux, ce ne sont pas des lignes noires, ce sont des lettres. Chacune se prononce d'une façon particulière, et si on les met l'une à côté de l'autre, elles font des mots. Tout ce que tu dis peut être écrit avec des lettres.

Le ploc-ploc me contemple d'un air admiratif, et soudain je me sens très fière. Une chose m'intrigue quand même :

– Chez vous, comment vous apprenez ce que vous ne savez pas, alors ?

– C'est l'ordinateur qui nous apprend. Il nous met des images dans la tête, et alors on sait.

– Génial !

– Sauf qu'en ce moment, le circuit « sorcières » est en panne. Comment est-ce que vous faites quand les livres sont en panne ?

Je le regarde avec stupéfaction :

– Les livres ne sont jamais en panne !

Le ploc-ploc me considère d'un drôle d'air :

– Et, pour fonctionner, ils ont juste besoin de l'énergie mécanique de ta main qui tourne les pages ?

Bêtement, je contemple ma main, tandis que le ploc-ploc continue :

– Tu ouvres le livre à la bonne page et tu trouves exactement l'article que tu veux sur les sorcières ?

– Euh... Oui.

– Et jamais il ne répond qu'il ne comprend pas ta demande, ou qu'il n'a pas assez de mémoire, ou qu'une erreur est survenue ?

– Euh... Non, jamais.

Il est débile, ce ploc-ploc !

Voilà maintenant qu'il tape ses mains sur son ventre d'un air content et qu'il s'exclame :

– Alors, il faut que tu m'apprennes à lire.

Ça, c'est un projet qui ne m'enthousiasme pas.

– C'est trop long, dis-je avec prudence. Il faut des années.

– Lis, pour voir, demande-t-il.

Je prends *L'Encyclopédie des Sorcières* et je déchiffre à voix haute :

– « Les sorcières ne sortent que la nuit. Elles se déplaçaient jadis à cheval sur un balai. »

Je remarque que le ploc-ploc a posé ses doigts sur mon dos et je ne me sens pas très à l'aise. Il m'arrache le livre des mains, très impoliment, et continue :

– « Aujourd'hui, leur tendance est plutôt de circuler en rollers, et non pas à cheval sur un aspirateur comme l'ont prétendu des confrères mal informés. »

J'en suis sidérée :

– Tu sais lire ?

– Eh bien, oui. Je viens de prendre ta science avec mes doigts.

Et, pour me montrer, il pose de nouveau ses doigts sur moi.

Bon sang! C'est injuste, horriblement injuste! Moi qui ai mis deux ans avant d'arriver à bien lire!

Le ploc-ploc ne s'occupe plus de moi, il est de nouveau tout bleu : je crois que c'est sa couleur de concentration. Il a posé le livre sur son ventre et je m'aperçois avec terreur qu'il est en train de se transformer... en... en sorcière.

Enfin, il lève la tête, remarque mon air terrifié, et demande :

– Qu'est-ce qui t'arrive?

– Tu... tu es devenu une sorcière!

Il bondit jusqu'à la glace pour se regarder. Peu à peu, ses formes se troublent, il est en train de redevenir un ploc-ploc vert ordinaire. Il me déclare alors pour la seconde fois :

– C'est incroyable! Vous êtes très en avance sur nous! Nous n'avons pas d'objet aussi magique que ces livres qui peuvent vous transformer et vous expédier dans d'autres mondes. Ça te fait en même temps des images devant les yeux et des sons dans les oreilles, alors qu'il n'y a, sur ta page, que des lignes de lettres noires !

Je n'ose rien répondre.

– Je vais faire un nouvel essai, s'exclame-t-il tout excité. Cherche-moi un autre livre !

Je réfléchis. Pas question de lui donner *Le Petit Poucet*, je n'ai pas envie d'avoir un ogre dans ma chambre, pas plus que *Le Vampire du CM2*. Je choisis *Le Prince et le Chou*. À mon avis, il n'y a pas trop de danger.

Il commence « Il était une fois un prince »... et il ne se transforme pas en prince. Il blanchit juste légèrement et se couvre de pustules marron. J'avoue que je suis un peu dégoûtée et je me demande s'il n'y a pas, dans cette histoire, un crapaud.

Il continue jusqu'au moment où le prince entend la voix d'une belle jeune fille qui chante. Là, il se précipite vers la glace et se regarde. Il n'a pas l'air déçu, il a l'air très heureux. Il se tourne vers moi d'un air extasié et me dit :

– Je suis beau, hein, tu as vu, en prince !

Euh... Moyen-moyen. Ce n'est pas tout à fait comme ça que je voyais un prince...

Il reprend vite le livre et, d'un coup, il arrache la page qu'il vient de lire pour la chiffonner aussitôt. Je me précipite :

– Qu'est-ce qui te prend, encore ? Tu déchires mon livre ?

– J'expérimente la matière. Une matière qui se rétracte quand on la compresse et... (il observe le papier) et qui reste dans cette nouvelle position si on n'y touche plus.

– C'est malin !

– Et même si je tire de nouveau dessus, elle ne redevient jamais comme avant.

– Évidemment, elle ne redevient pas comme avant ! Ma page est toute chiffonnée !

Je suis très en colère.

– Pas « évidemment », corrige le ploc-ploc… Parce que j'ai déjà essayé avec ta chaussette et ça n'a pas produit le même effet : la chaussette, si je la chiffonne, elle ne reste pas chiffonnée.

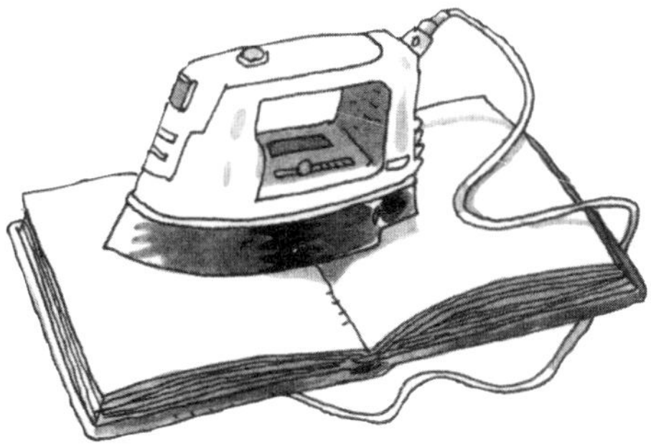

La chaussette ! Oh ! il m'énerve ! Il m'énerve ! Je cours chercher le fer à repasser, je le branche et je tente de réparer les dégâts. Lui, l'extraterrestre, il ne dit plus rien. Il devient d'un beau bleu, ce qui signifie qu'il se concentre.

– Tu sais faire ça ? demande-t-il.
– Quoi « ça » ?
– Faire les pages toutes lisses.

Je hausse les épaules... Il n'est pas nécessaire d'avoir le bac pour savoir utiliser un fer à repasser. Je vais chercher mon rouleau de scotch et je m'applique à recoller la page le plus proprement possible.
– Tu sais aussi faire ça ? intervient le ploc-ploc d'un ton admiratif.

Là, je commence à me sentir assez contente de moi. Il reprend :
– Qu'est-ce que tu sais faire encore ?

Je réfléchis : je n'ai pas l'impression d'être spécialement adroite, mais il n'a pas l'air très difficile à épater. Alors, je lui montre comment je noue mes lacets de chaussures, comment je me peigne, comment je taille mon crayon et comment j'écris sur mon cahier, comment je joue aux fléchettes.
– Encore ! Encore !

Je vérifie alors qu'il n'y a personne à la maison et je l'emmène au jardin pour lui montrer comment je roule à vélo, comment je sème les graines de radis dans le carré de jardin qui est à moi, comment je cueille des fraises pour les manger, comment je mets en mouvement la balançoire.

Il n'en revient pas. Alors je demande :

– Et toi, qu'est-ce que tu sais faire ?

Il rosit et chuchote :

– Nous, les ploc-plocs, nous ne savons rien faire. C'est l'ordinateur qui fait tout.

En remontant dans ma chambre, je lui montre comment j'ouvre la porte en appuyant sur la poignée, comment je range mes livres sur l'étagère, comment je mets mes cahiers dans mon cartable.

Le lendemain matin, au moment de partir pour l'école, je m'inquiète : si mes parents trouvaient le ploc-ploc dans ma chambre, comment réagiraient-ils ?

Je le préviens :

– Il faut que je m'en aille. Si ma mère entre, cache-toi vite dans le coffre.

– Je ne peux plus tenir dans le coffre.

– C'est malin d'être aussi goinfre ! Combien est-ce que ça va prendre de temps pour que tu retrouves ta taille normale ?

– Quelques jours…

– Bon, eh bien d'ici là, débrouille-toi.

– Comment ?

– En te transformant pour qu'on ne te remarque pas.

Je lui descends le dictionnaire de l'étagère : c'est là qu'il pourra trouver le plus de mots, avec en prime les images (cela évitera qu'il confonde le prince façon ploc-ploc et le prince façon Cendrillon). Je commente :

– Tu n'as qu'à choisir là-dedans pour passer inaperçu. Il ne faut surtout pas que mes parents te voient, parce que les adultes ont peur de ce qu'ils ne connaissent pas. Ils te chasseront de la maison en vitesse.

– Je ne veux pas ! s'écrie le ploc-ploc effrayé. Si je n'ai pas rempli ma mission, je serai puni.

Là, j'aurais sans doute dû lui demander quelle était sa mission dans le détail... Hélas, on ne pense pas toujours à tout.

Comment éduquer un extraterrestre

À midi, en revenant de l'école, je trouve ma mère assise à la table de cuisine, le front dans la main. Elle paraît démoralisée.

– Qu'est-ce qui arrive, maman, il y a une catastrophe ?

– Non, non, répond-elle courageusement, ça va bien. J'ai juste eu une sorte de trouble de la vue.

– Ah ! quand est-ce que ça t'a pris ?

– Eh bien... en entrant dans ta chambre.

Du coup, il me vient des soupçons, et je m'informe :

– Quel genre de trouble ?

– J'ai vu double : chez toi, il y avait deux lits.

Je me contente de rire, pourtant je ris jaune. Avec cet extraterrestre, la vie ne va pas être facile, il faut tout lui expliquer !

Je rentre dans ma chambre : maintenant, il n'y a plus deux lits, il y a deux coffres à jouets.

– Ah ! c'est toi ! soupire le ploc-ploc avec soulagement en reprenant son apparence normale.

– C'est moi. Je ne te félicite pas pour ton imagination : deux lits dans ma chambre ! Deux coffres à jouets !

– Où est le problème ? demande-t-il vexé. Moi, je croyais que c'était une bonne idée.

– Une bonne idée pour se faire remarquer, oui. Mon petit vieux, il faut que tu apprennes que, sur la Terre, certaines choses vont par une et d'autres par plusieurs. Et il se trouve que, dans ma chambre, il n'y a toujours eu qu'un seul lit et un seul coffre à jouets.

– Comment je pouvais savoir, moi ? bougonne-t-il.

C'est vrai, ce qui me paraît évident ne l'est peut-être pas tant que ça. Je reprends mes commentaires :

– Il y a des choses qui vont par une, comme les montres, d'autres par deux comme les moufles, d'autres par trois comme les pistons de trompette, par quatre comme les roues de voiture, etc.

– Dis-les-moi toutes, alors.

– Pfff... Ce serait trop long. Par exemple, si tu n'as qu'une chaussure, c'est la panique. S'il y a deux ballons de foot sur le terrain, c'est la pagaille. Si tu n'as que trente et une cartes dans un jeu, il est fichu. Il t'en faut trente-deux. Par contre, si tu as trente-deux chats chez toi, c'est l'horreur.

– Je n'y comprends rien.

– À bien y réfléchir... moi non plus. En tout cas, il ne faut jamais te transformer en un objet qui est unique ! En revanche en crayon, ça ne se verra pas. Des crayons, on peut en avoir cinq, dix, personne n'y prête attention.

– Je regrette, proteste l'extraterrestre vexé, un crayon, c'est trop mince pour moi.

– Ça, c'est ton affaire. Tu as compris le principe ?

– Je crois...

– Alors, on fait un exercice. Je sors. Quand je reviens, je ne veux pas te voir.

Je quitte la chambre et j'en profite pour aller me chercher un verre de jus d'orange. Maman est en train d'éplucher des pommes de terre, mais je vois qu'elle pense à autre chose.

Bon. J'espère que le ploc-ploc est prêt. Je frappe à ma porte pour prévenir et j'ouvre.

Sur ma moquette, j'aperçois trois chaussettes avec des fleurs roses et vertes. Trois !

Je les ramasse et je les secoue :

– Sors de là, tu es vu !

Le ploc-ploc retombe sur le sol en se frottant le côté.

– Enfin, comment tu t'y es prise pour me trouver ?

– Devine !

– Mais des chaussettes, tu en as plein !

Je suis découragée :

– On peut en avoir plein, ça ne les empêche pas d'aller par deux.

Oui… Ça ne va pas être facile…

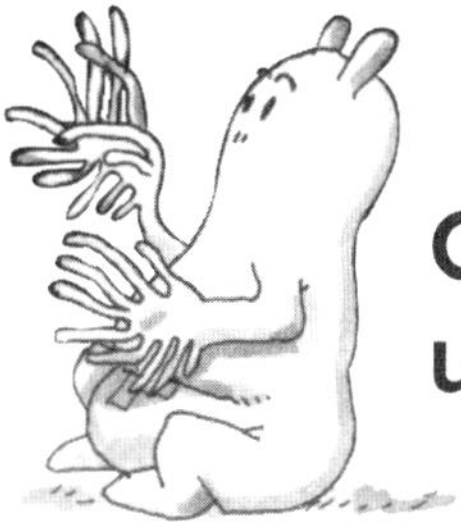

Comment supporter un extraterrestre

Ce matin, j'ai eu un peu de mal à partir pour l'école. Le ploc-ploc voulait à tout prix venir avec moi, pour voir comment ça fonctionne, une classe. Je lui ai répondu qu'il n'en était pas question ! Il est devenu jaune de colère, il s'est transformé en coussin et il est allé bouder sur le lit.

La maîtresse est en train d'expliquer comment se nourrissent les chenilles lorsque, en jetant un regard distrait par la fenêtre, j'aperçois... ma mère ! Elle traverse la cour à grands pas, mon cartable à la main.

Mon cartable ? Mais je ne l'ai pas oublié à la maison ce matin ! Il est là, dans mon pupitre. Aïe ! serait-il possible que ce deuxième cartable soit... ?

Zut de zut ! Vite, je lève la main pour demander à la maîtresse si je peux aller aux toilettes.

J'arrive dans le hall au moment précis où ma mère y pénètre. J'essaie de sourire :

– Ah ! Tu m'as rapporté mon cartable !

Maman secoue la tête :

– Décidément, Chloé, je ne sais pas ce que tu as en ce moment ! Hier, j'ai vu sur ton portemanteau un blouson qui n'était pas à toi (tu as dû te tromper à l'école) et, ce matin, tu oublies ton cartable !

Je ne suis pas au courant de cette histoire de blouson, mais je me doute bien d'où vient le coup. Je remercie maman et je prétends que je suis très pressée, pour repartir à fond de train vers les toilettes.

– Alors, c'est ça, l'école ? demande mon cartable.

Je grogne :

– Tais-toi. Je ne peux pas te répondre, sinon on va croire que je parle toute seule et que je suis folle.

Je m'arrête aux lavabos et j'ai à peine refermé la porte que le ploc-ploc redevient lui-même. Alors là, j'éclate :

– Qu'est-ce qui t'a pris, de te transformer en cartable ?

– Mais enfin... Tu m'as dit qu'il faut faire attention aux choses, savoir si elles vont par une, ou par deux, ou par trois. Or, comme tu étais partie avec ton cartable, il n'y en avait plus dans ta chambre !

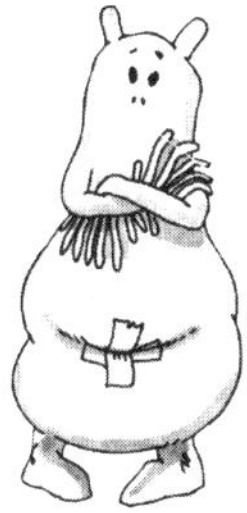

– Oui, évidemment... (je suis découragée) ce serait trop long à expliquer.

Je me demande s'il est de bonne foi, et s'il ne l'a pas fait exprès...

– Qu'est-ce que je vais faire de toi maintenant ? Je ne me vois pas revenir avec un deuxième cartable dans la classe !

– Je pourrais me transformer, propose-t-il. Là, il y a des jolies choses.

Je suis la direction de son regard : par-dessus les vitres, on aperçoit le mur de la classe des C.P., avec des dessins et les mots correspondants collés en dessous.

– Si tu veux, continue le ploc-ploc, je peux devenir ceci…

Il lit le premier mot et se transforme en tambour.

Ramener un tambour à l'école, oui, ce serait très naturel !

Il s'essaie en pot de fleurs, mais ce n'est pas l'anniversaire de la maîtresse et on ne voit pas pourquoi maman m'en aurait apporté un d'urgence.

En pyjama ? Ça ne va pas, non !

En éléphant ?… Complètement malade.

C'est alors que la cloche sonne. Tout le monde va sortir, les lavabos vont être pris d'assaut ! Je m'affole. Comment faire ?

Vite ! Du bout du doigt, j'écris sur la glace au-dessus du lavabo : « écharpe. »

J'ai à peine fini que la porte s'ouvre :

– Tiens ! s'exclame Adeline. Tu es là ? J'ai vu ta mère repartir. Elle t'a apporté une écharpe ?

– Euh… Oui.

Je sens autour de mon cou une grosse écharpe de laine et j'ajoute :

– J'ai mal à la gorge.

Et soudain, je me sens mal, je me sens mal…

Je rentre vite dans un W.-C. et je souffle :

– Ne serre pas comme ça, tu m'étrangles !

– Qu'est-ce que c'est « étrangle » ?

– Si tu me serres trop le cou, je ne peux plus respirer et je meurs.

– Qu'est-ce que c'est « meurs » ?

Sur le moment, je ne m'en rends pas compte, mais je suis en train de répondre. Et je vais vite comprendre pourquoi il ne faut jamais donner d'explication à un ploc-ploc !

– Ma vie sera finie. Je n'existerai plus et on mettra mon corps dans la terre.

– Je veux voir comment c'est « n'existe plus ».

Et voilà que, juste pour faire l'expérience, cet idiot se met à me serrer le cou de plus en plus fort. J'étouffe !

– Ar... rête ! Arrête ! Si je... meurs, je ne serai plus là...

– Ce n'est pas grave.

– Et... et qui te fournira... des livres ?

Il a un court moment de réflexion, puis desserre son étreinte. Ouf ! Je reprends ma respiration. Je dois être rouge comme une crête de coq. On frappe à la porte :

– Dépêche !

Quelqu'un attend son tour. Je prends une grande inspiration et je sors.

Adeline et Barbara sont en train de se laver les mains.

– Ouah ! Elle est super, ton écharpe, tu me la prêtes ? demande Barbara.

– Euh... je ne peux pas, j'ai trop mal à la gorge.

– Oh ! Et à moi ! reprend Adeline. Juste une minute ! Juste pour voir le contact !

Je réponds qu'elles risquent d'attraper ma maladie, mais elles insistent. Alors, je dis que ma mère m'interdit de la prêter et, évidemment, c'est l'excuse la plus nulle qu'on puisse trouver à l'école.

Elles s'en vont en colère.

Et voilà comment, pour leur sauver la vie, je me fâche avec mes meilleures copines. Le monde est injuste.

On rentre en classe toutes les trois en faisant la tête. Je m'assieds à ma table et je sors mon cahier de calcul. C'est à ce moment-là que je sens mon écharpe s'échapper.

Catastrophe ! Elle vole vers la maîtresse, qui est en train d'écrire au tableau l'énoncé du problème, et s'enroule autour de son cou !

La maîtresse sursaute.

– Ouh ! Qu'est-ce que c'est que ça ! crie-t-elle effrayée. Mais... c'est l'écharpe de Chloé. Qu'est-ce qui t'arrive Chloé ?

Je suis à la fois très vexée qu'elle croie que je l'ai fait exprès et très angoissée que le ploc-ploc ne l'étrangle. Je me précipite :

– Excusez-moi, j'ai voulu la ranger dans mon cartable et elle m'a échappé.

Je la reprends et je la roule nerveusement en une boule bien serrée.

– Ne la maltraite tout de même pas, intervient la maîtresse, ce n'est pas de sa faute.

Tiens ! La maîtresse est d'une naïveté... ! Et en plus elle ajoute :

– Tu me rappelles ma grand-mère qui disait : « les choses ont du vice. » Hé bien non, Chloé, quand on est maladroit, il ne faut pas en rendre les choses responsables.

Je suis rouge comme une écrevisse un soir de Noël et furieuse contre le ploc-ploc. Pendant que la maîtresse ne regarde pas, je l'enfourne dans mon cartable en le bourrant de coups de poings.

Comment ne pas céder aux caprices d'un extraterrestre

On est rentrés à la maison sans autre problème, et je pousse un soupir de soulagement en m'asseyant sur mon lit.

– C'est bien, l'école, constate le ploc-ploc en sortant de mon cartable. J'ai tout appris. Est-ce que je peux faire l'expression écrite, « Imaginez des vacances idéales », pour demain ?

– Tu ne sais pas écrire !

– Si, j'ai vu aujourd'hui.

Et voilà qu'il se met à tracer des lettres au crayon sur mon cahier. Incroyable ! Il écrit très bien : exactement comme la maîtresse. Je le soupçonne d'avoir pompé son écriture en s'attachant à son cou.

– Eh ! c'est mon cahier ! Il ne faut pas y écrire n'importe quoi ! (Je gomme tout.) Bon, tu sais écrire, je te crois. Mais tu n'es pas un élève de l'école ! Tu n'as pas de cahier de français !

– Si j'écris sur ton cahier, la maîtresse croira que c'est toi qui as raconté.

– Non mais tu rêves !

– Si tu refuses, je me transforme en mauvaises notes sur ton cahier.

Alors ça, c'est un peu fort ! Du chantage, maintenant ? Oh ! et puis tant pis ! Je cède...

– C'est bon. Fais-la, ma rédaction !

Et en prononçant ces mots, je regrette déjà ma faiblesse. Ce n'est pas que je tienne tellement à les imaginer, ces vacances idéales (à vrai dire, je n'ai même aucune idée), mais j'ai un peu peur du résultat. Que va-t-il raconter?

– Ne t'inquiète pas, rassure-t-il. Je suis au point : en ton absence, j'ai lu ton encyclopédie de bout en bout et je peux même imiter ton écriture.

Bon. De toute façon, pour l'orthographe, ça ne peut pas être pire...

Il pose mon cahier sur son ventre, où il tient tout juste (ce qui me fait remarquer qu'il a beaucoup rapetissé depuis qu'il a son sparadrap). Il devient d'un joli bleu et s'absorbe dans son travail.

J'en profite pour aller regarder un dessin animé à la télé : céder aux caprices d'un extraterrestre a finalement des avantages.

Quand je reviens, il a fini, et il me tend fièrement le cahier. Il a écrit :

Sujet : vos vacances idéales.

J'ai passé mes dernières vacances sur la planète Terre.

Cette planète est ainsi appelée parce que son sol n'est pas constitué d'or comme chez nous, mais de terre, qui est une matière étonnante. Si on se frotte dessus, on se salit. Si on l'arrose avec de l'eau, c'est encore pire. Ça n'a pas très bon goût.

La terre est du genre féminin, c'est pourquoi c'est elle qui met les bébés au monde. Il suffit de glisser à l'intérieur une graine, de lui donner à boire et, quelque temps après, les enfants naissent.

Ces enfants qui naissent directement de la terre sont de formes différentes, mais ils sont généralement verts, tout en hauteur, avec une tige et des feuilles. À l'adolescence, ils mettent des boutons. Ensuite, beaucoup se font malheureusement manger par d'autres habitants de cette planète. Ceux qui arrivent à devenir adultes prennent une teinte marron et finissent leur existence en bûches pour le feu ou en meubles.

Les extraboudins de la planète Terre sont assez vilains d'aspect, cependant ils possèdent certains avantages. En particulier, ils peuvent se passer des ordinateurs.

D'abord, pour apprendre, ils n'ont pas besoin de connecter leur esprit à la mémoire centrale : ils se rassemblent dans une école, et ils ont à leur service plusieurs adultes qui sont obligés de partager avec eux leur savoir. Ils peuvent aussi lire dans un livre.

Le livre est un objet très pratique. On n'a pas à le brancher, si bien qu'on peut le consulter où on veut et dans n'importe quelle position (même couché !). Au lieu que les images se forment sur un écran, elles se forment directement dans la tête du lecteur. On peut emporter le livre partout : pour ça, les extraboudins possèdent des bras assez longs pour le coincer dessous, et ils mettent également des vêtements avec des poches pour le glisser dedans. Il ne tombe jamais en panne. Si par malheur il perd un morceau, chaque extraboudin peut le réparer tout seul à l'aide d'un peu de scotch.

La formidable organisation des extra-boudins leur permet de diviser entre eux le travail qui serait chez nous effectué par les ordinateurs, et ils sont capables de fabriquer tout par eux-mêmes : certains construisent des voitures, d'autres des maisons, d'autres élèvent les bébés, ou bien des animaux, d'autres soignent les malades, d'autres encore s'occupent de mettre les graines dans la terre.

Dans certains lieux, il y a encore quelques ordinateurs et des machines qui fonctionnent toutes seules, par exemple pour fabriquer des voitures. Mais les extra-boudins apprennent très vite en regardant faire les machines et, avec leurs mains, ils font aussi bien et même mieux, parce qu'ils arrivent à inventer des choses nouvelles.

C'est que leurs mains, bien qu'elles n'aient que dix doigts, leur permettent tout un ensemble de mouvements variés, et ils peuvent créer grâce à elles des objets qui leur servent par la suite à mille choses.

Avec ces objets, ils arrivent à dominer le monde qui les entoure. Par exemple, un appareil leur permet de dominer les pommes de terre. On appelle ça : « éplucher » (référence extraboudin « Maman »). Un autre peut découper un crayon en rondelles (référence extraboudin « Chloé »).

J'ai vu de mes propres yeux mon échantillon de population « Chloé » revenir de l'extérieur de la maison avec une nourriture qu'elle appelle « pain ». Elle en a détaché une partie avec un objet qui a pour nom « couteau », et a étalé dessus une pâte dite « beurre ». Elle s'est ensuite servi un liquide nommé « lait », sur la poudre « chocolat ». Comme vous le voyez, les extraboudins ne se nourrissent pas de simples diamants comme nous, et ils confectionnent eux-mêmes leur nourriture.

Pour se procurer la matière première, ils doivent gagner de l'argent en travaillant, ce qui fait qu'ils ont beaucoup de chance : ils ne s'ennuient jamais.

Je pense que je reviendrai en vacances sur la Terre, où j'ai encore beaucoup de choses à apprendre.

Je suis effrayée :

– C'est nul ! Tu n'as rien compris à la Terre, ma maîtresse va me mettre une note affreuse !

Comme il a écrit au stylo à bille, je ne peux pas gommer. Sans compter que je n'aurais même plus le temps de tout refaire !

Le cœur lourd, je range mon cahier dans mon cartable.

Comment se débarrasser d'un extraterrestre

La maîtresse a rendu les cahiers de français. Elle m'a dit que mon travail est vraiment original (tu m'étonnes !) et qu'il mérite une très bonne note.

J'en suis tout émue, et en même temps j'ai un peu honte.

Je rentre à la maison en me demandant ce que je dois décider : si j'avoue au ploc-ploc qu'il a eu une bonne note, il va s'imaginer qu'il est très doué. D'accord, c'est peut-être original, mais il a une idée complètement fausse de la Terre.

Je n'ai même pas le temps de lui en parler. Au moment où j'entre dans ma chambre, il me fait un croche-pied et je m'affale sur la moquette. Il s'assoit aussitôt sur mon dos.

– Tu vois, dit-il, j'ai raison : les jambes, ce n'est pas très pratique. Un croche-patte et tu es ma prisonnière.

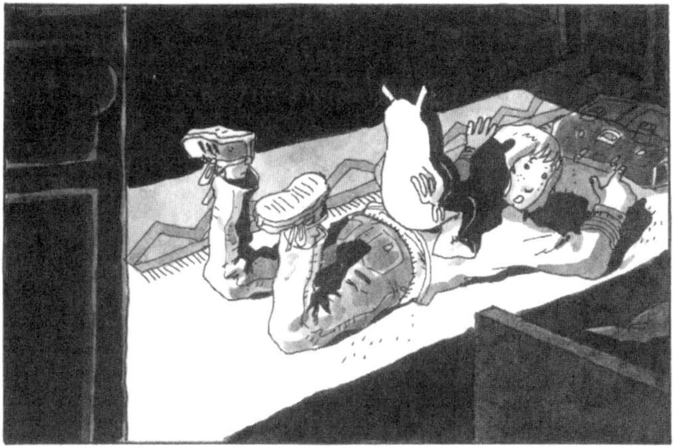

Je suis un peu effrayée.

– Pourquoi prisonnière ?

Il ne répond pas à ma question, il se contente de grogner :

– Tu ne peux pas me résister. Maintenant, il faut que j'accomplisse ma mission et tu vas me donner ce que tu as de plus précieux.

Il n'a pas l'air de plaisanter. J'essaie de remuer, mais je ne peux pas.

– N'essaye pas de m'échapper, ricane-t-il, j'ai lu toutes les histoires de brigands de ta bibliothèque.

Quoi ? Je réalise soudain que, le ploc-ploc n'ayant aucune idée du bien et du mal, il a pu prendre modèle sur les méchants. Bon sang, j'enrage… Si je tenais entre mes mains les auteurs qui écrivent des histoires de brigands, je les… Grrr…

– Haut les mains ! La bourse ou la vie ! Laissez-vous détrousser sans rechigner, braves gens, ou il vous en cuira.

Voilà qu'il parle comme un vieux roman. Qu'a-t-il bien pu lire ? Une des antiquités entassées au fond du placard ?

C'est une catastrophe. J'ai la gorge qui se noue et je regrette bien d'avoir caché à mes parents cette histoire de ploc-ploc. Lui donner ce que j'ai de plus précieux ! C'est vrai qu'il a l'habitude de manger de l'or et des diamants. Et soudain je pense avec horreur qu'il veut tous nos bijoux : ma croix en or, le collier de perles qui nous vient de grand-mère, le diamant de la bague de fiançailles de maman...

– Dépêche-toi ! crie-t-il en sautant sur mon dos.

Aïe ! J'ai mal ! Les larmes me viennent aux yeux. Je regrette, je regrette, je regrette de n'avoir rien dit à mes parents. Je propose :

– Je te donne ma croix en or.

J'espère qu'il s'en contentera. Hélas ! Il me crie dans les oreilles :

– Ta croix en or ? Tu te fiches de moi ?

Je ne veux pas qu'il vole le collier de perles ni la bague. Aussi j'essaie :

– Prends la télé.

– Ta télé ? Non mais je rêve ! Je m'en doutais, que tu ferais des histoires. J'ai eu raison de te capturer. Exécute-toi immédiatement ou je te dévore toute crue.

Ça me fait un choc, et tout à coup je songe qu'il a toujours le sparadrap sur le ventre. Il ne le voit certainement pas, puisque son ventre est en creux et que, lorsqu'il se penche en avant, ça le ferme. Un peu rassurée, j'observe :

– Tu ne peux pas me manger, tu n'as pas faim.

Il réfléchit.

– Tiens, c'est vrai... Je ne sais pas pourquoi, je n'ai plus faim. Toutefois... je peux t'aplatir, t'étirer, te marteler, te découper.

– Ça va... Ça va... Qu'est-ce que tu veux exactement ?

– Je veux une grosse poignée de terre.

– Quoi ?

– De cette terre magique qui fait naître tout ce dont les extraboudins ont besoin, des légumes pour manger, de la pierre pour construire, du métal pour faire les machines, de l'eau pour boire et pour fabriquer du courant, de...

Je n'écoute plus. De la terre ? Ce n'est pas vrai ! Il veut de la terre ? Quel soulagement !

Mon premier réflexe, c'est de lui dire que ce n'est pas la peine de faire tout ce cinéma pour avoir un peu de terre. Moi, quand j'en ramène par hasard sous mes chaussures, je la jette à la poubelle. Mais finalement, j'ai une meilleure idée.

– D'accord, dis-je, on fait un marché.

– Quel marché ?

– Quand tu as ta poignée de terre, tu t'en vas.

Il me regarde un moment, et finalement il demande :

– Tu ne m'aimes pas ?

– Si si, tu es mon extraterrestre préféré. Mais maintenant que tu es grand et que tu as appris beaucoup de choses, il est temps de quitter la maison pour aller raconter tout ça à tes copains boudins.

Alors le ploc-ploc se met à rire en se frottant les mains :

– D'accord. Quand les autres vont voir ce que je rapporte, eux qui ne connaissent que les sols en or dur qui ne produisent rien…

Je ne perds pas une minute : inutile de prendre le risque qu'il change d'avis. C'est que je tiens à la vie, moi, et que ça fait déjà trois fois que je manque de la perdre à cause d'un idiot de ploc-ploc !

Je descends au jardin et je remonte avec un petit sac plein de terre.

– Voilà, dis-je. Maintenant, tu as de nouveau une taille raisonnable, alors tu rentres dans le coffre et tu retournes sur Boud.

– C'est que… souffle-t-il.

Je m'inquiète :

– Quoi ? Tu as promis, tu rentres chez toi.

– Je rentre, je rentre, mais ma mission, tu comprends, c'est de…

Je m'énerve :

– C'est de quoi ?

Comment organiser l'enlèvement de la plus belle

– Il faut absolument que je rapporte un spécimen de la race humaine des extraboudins.

J'en ai un coup au cœur. Le ploc-ploc me regarde d'une façon qui ne me plaît pas du tout.

– Attends, dis-je en mettant mes mains en avant pour me protéger. Tu ne peux pas emmener n'importe qui, n'importe comment. Il y a sur la Terre plusieurs variétés d'êtres humains.

– Quelles variétés ? demande le ploc-ploc d'un air intrigué.

– Eh bien, il y en a de plusieurs couleurs différentes.

– Ta couleur me plaît bien, décrète-t-il.

Tu parles ! Il n'est pas difficile ! Une peau trop blanche, avec des taches de rousseur, et qui devient écarlate au moindre rayon de soleil !

Je me dépêche d'ajouter :

– Et il y en a aussi de deux grands genres différents : le masculin et le féminin. Des hommes et des femmes. Les hommes sont plus costauds.

– Et toi, qu'est-ce que tu es ?
– Moi, je suis du genre féminin. Les femmes, c'est moins musclé.
– Ça ne fait rien, décide-t-il, ton genre me plaît bien.
Aïe aïe aïe ! C'est vraiment mal parti.
– Ce que je voudrais, ajoute le ploc-ploc, c'est emmener la plus belle. C'est toi la plus belle ?

Alors là, j'éclate :
– Non ! Bien sûr que non ! Moi, je ne suis franchement pas belle. Regarde plutôt Amél...
Je m'arrête net : je ne vais quand même pas, pour me sauver, faire kidnapper une autre fille !

– Qu'est-ce que c'est « Amél » ?

– Je veux dire « Amélioré ». La « Race Améliorée ». Parce que les êtres humains, ce n'est pas ce qu'il y a de plus important sur la Terre. Il y a des êtres supérieurs.

– Dans ce cas, je veux un être supérieur du genre féminin. La plus supérieure et la plus belle.

– Alors ça, c'est facile, elle se trouve tout près. Je te la présente, si tu veux. Il suffit de descendre. Transforme-toi donc en...

J'attrape un crayon et j'écris sur une vieille enveloppe :

– Ballon.

Puis je le prends sous mon bras et je l'emmène dans la rue.

– Voilà.

Il observe longuement ce que je lui montre et déclare :

– Elle est verte.

– Tu vois bien, verte comme toi. Toutes les races supérieures sont vertes.

Bon, je le flatte un peu, mais c'est de bonne guerre. C'est que je ne tiens pas du tout à aller sur Boud, moi, et à manger des lamelles de métal au pétrole.

– Hum… grogne-t-il d'un ton songeur. Et qu'est-ce qui me prouve que c'est la plus belle ?

Je réplique aussi sec :

– C'est tout prouvé d'avance, puisque c'est son nom. Elle s'appelle « la plus belle ». Encore que, dans mon quartier, on prononce plutôt « la poubelle ».

L'extraterrestre l'examine sur toutes les coutures :

– Et c'est le personnage le plus important ici ? À quoi ça se voit ?

– Ça se voit à ce que les humains se fatiguent toute leur vie pour la nourrir. Rends-toi compte par toi-même…

J'ouvre la poubelle : elle est pleine de sacs en plastique. Je commente :

– Tu vois combien elle consomme ! Et tout ça, c'est nous qui le lui fournissons.

À ce moment, maman ouvre la fenêtre de ma chambre, et elle lance :

– Chloé, je voudrais que tu mettes à la poubelle tous les papiers de bonbons qui traînent dans ta chambre.

Je prends un air catastrophé :

– Tu vois... Mes papiers de bonbons... Ce à quoi je tiens le plus ! Je vais être obligée de les donner à la poubelle. Enfin, il faut savoir se sacrifier...

Aussitôt, le ploc-ploc saute de mon bras, bondit sur la poubelle et, me fixant d'un air menaçant, s'écrie :

– N'y touche pas, elle est à moi !

Il agrippe ses vingt-trois doigts de chaque côté du couvercle et ne bouge plus.

Je soupire :

– Bon... Bon... Tu as gagné, je te la laisse.

Il devient tout rose de bonheur, puis commence à bleuir légèrement. C'est qu'il réfléchit. J'ai toujours une petite angoisse quand il réfléchit. Enfin, il demande d'une voix un peu anxieuse :

– Tu crois que la poubelle acceptera de manger des émeraudes ?

Je prends un ton catégorique :

– Rassure-toi, elle aime tout.

Puis je sors de dessous mon pull un grand livre et j'ajoute triomphalement :

– Regarde, je t'ai préparé un cadeau !

Et je lui tends *L'Encyclopédie de la vie sur Terre*.

Je vois qu'il est ému. Il prend le grand livre, le dépose sur la poubelle et le coince solidement avec son pied.

– Tu es très gentille, murmure-t-il. Je ne vais pas trop te manquer ?

Je ne dis pas : « Euh… Moyen-moyen », je dis :

– Ça ira.

Alors il redevient vert et pfff… agrippé à sa poubelle, il s'envole dans les airs.

Je mets mes mains en porte-voix et je crie :

– Maintenant que tu as *L'Encyclopédie de la vie sur Terre*, tu n'as plus besoin de revenir ! Tu pourras vivre sur la Terre en pensée !

Et je songe que ça ne va pas être triste, là-haut, sur Boud, quand ils vont le voir se transformer en rhinocéros ou en poêle à frire.

Maman se penche à la fenêtre de la cuisine :

– Qu'est-ce que tu as à hurler comme ça, Chloé ? Tu t'es occupée de tes papiers de bonbons ?

– Je ne peux pas, la poubelle a disparu. Je parie que c'est encore un coup des ploc-plocs !

Maman se met à rire :

– Mais oui, ma Chloé, tout ce qui t'arrive est de la faute des ploc-plocs.

Voyez… On a raison de dire la vérité, de toute façon personne ne vous croit jamais.

TABLE DES MATIÈRES

L'AUTEUR

Évelyne Brisou-Pellen vit à Rennes. Après des études de lettres, au lieu d'enseigner comme elle l'avait prévu, elle a commencé à écrire... et elle a attrapé le virus. Aujourd'hui, elle passe ses journées entre des empilements de documents, à concocter des histoires qui font rire, pleurer, rêver, voyager... Elle a publié de nombreux romans chez Gallimard, Hachette, Nathan, Milan, Pocket, Casterman, Bayard, Flammarion et Rageot entre autres.

L'ILLUSTRATEUR

Emmanuel Cerisier est né à Rennes en 1970. Après des études d'Arts graphiques il se lance dans l'illustration de fictions et de documentaires en 1995. Il aime la variété des thèmes qu'il aborde par son métier : Égypte, engins de chantier, pirates, Inuits, Sioux, océans, Moyen-Âge, personnages historiques... De temps en temps, il part à la rencontre de ses lecteurs dans les écoles ou les bibliothèques. Il vit en Bretagne.

DANS LA MÊME COLLECTION

à partir de huit ans

L'amour c'est tout bête, G. Fresse.
B comme Amour, N. Denes.
Une baleine sur la plage de Saint-Malo, R. Judenne.
Le blog des animaux, M. Cantin.
Une certaine Clara Parker, S. Valente.
La chambre des chats, M. Freeman.
Mon chat mes copines et moi, M. Cantin.
Chien riche, chien pauvre, K. Cave.
Mon chien va à l'école, C. Cahour.
Le club des animaux, M. Cantin.
Comment devenir parfait en trois jours, S. Manes.
Comment je suis devenue grande, B. Hammer.
Confidences entre filles, F. Hinckel.
Les disparus de Fort Boyard, A. Surget.
La drôle de vie d'Archie, A. Laroche.
L'été des jambes cassées, C. Le Floch.
Expert en excuses, K. Tayleur.
Expert en mensonges, K. Tayleur.
Le fils des loups, A. Surget.
Fils de sorcières, P. Bottero.
La grande évasion des cochons, L. Moller.
L'hiver des gros ventres, C. Le Floch.

Le jour où j'ai raté le bus, J.-L. Luciani.
Météorite, P. Bottero.
Mon extraterrestre préféré, É. Brisou-Pellen.
Mon journal de guerre, Y. Mauffret.
La lettre mystérieuse, L. Major.
La maison à cinq étages, G. McCaughrean.
Où sont les animaux ?, D. Nielandt.
La petite fille qui vivait dans une grotte, A. Eaton.
La plus grosse bêtise, É. Brisou-Pellen.
Ma première fête surprise, N. Charles.
Ma première soirée pyjama, N. Charles.
Mon premier week-end sans parents, N. Charles.
Le prince de mes rêves, R. Flynn.
Princesse en danger, P. Bottero.
Le ranch des mustangs, S. Siamon :
- **Cheval de feu**
- **Cheval de nuit**
- **Cheval rêvé**
- **Cheval sauvage**.

Au royaume des dinosaures, R. Judenne.
Une potion magique pour la maîtresse, G. Fresse.
Une sorcière à la maison, V. Petit.
Un vampire à l'école, Y.-M. Clément.
Vive les punitions !, G. Jimenes.
Le vrai prince Thibault, É. Brisou-Pellen.
La vraie princesse Aurore, É. Brisou-Pellen.
Zanzibar toi-même !, C. Couprie / G. Magro.

Retrouvez la collection
Rageot Romans
sur le site www.rageot.fr

Achevé d'imprimer en août 2009
par Maury-Imprimeur en France
Dépôt légal : septembre 2009
N° d'édition : 4962-01
N° d'impression : 148535